Estimados padres:
¡El amor de su niñ  *aquí!*

Cada niño aprende a leer
ritmo. Algunos niños alte ibros
preferidos una y otra vez. Otros leen en orden según el nivel de lectura correspondiente. Usted puede ayudar a que su joven lector tenga mayor confianza en sí mismo incentivando sus intereses y destrezas. Desde los libros que su niño lee con usted, hasta aquellos que lee solito, hay libros **"¡Yo sé leer!"** *(I Can Read!)* para cada etapa o nivel de lectura.

LECTURA COMPARTIDA
Lenguaje básico, repetición de palabras y maravillosas ilustraciones. Ideal para compartir con su pequeño lector emergente.

LECTURA PARA PRINCIPIANTES
Oraciones cortas, palabras conocidas y conceptos simples para aquellos niños que desean leer por su propia cuenta.

LECTURA CON AYUDA
Historias cautivantes, oraciones más largas y juegos del lenguaje para lectores en desarrollo.

LECTURA INDEPENDIENTE
Complejas tramas, vocabulario más desafiante y temas de interés para el lector independiente.

Los libros **"¡Yo sé leer!"** *(I Can Read!)* han iniciado a los niños al placer de la lectura desde 1957. Con premiados autores e ilustradores y un fabuloso elenco de personajes muy queridos, los libros **"¡Yo sé leer!"** *(I Can Read!)*, establecen un modelo de lectura para los lectores emergentes.

Toda una vida de descubrimiento comienza con las palabras mágicas **"¡Yo sé leer!"**.

Para mi sobrina Ana Natalia,
a quien le encantan los perros, y no le teme a nada.
¡Te quiero!

—E. O.

Para Lucio, el perro más maravilloso al que la vida me dio la oportunidad de querer y cuidar.
—A. L.

www.harpercollinschildrens.com.
Impreso en Malaysia.
www.icanread.com

ISBN 978-0-06-323003-3 (trade bdg.) — ISBN 978-0-06-323002-6 (pbk.)

Diseño del libro a cargo de Elaine Lopez

23 24 25 26 27 RRDA 10 9 8 7 6 5 4 3 2 Primera edición

Reina Ramos

conoce un cachorro ENORME

por Emma Otheguy

ilustrado por Andrés Landazábal

traducido por Isabel C. Mendoza

HarperCollins*Español*

Una rama de HarperCollins*Publishers*

¡Los sábados son DIVERTIDOS!

Lila y yo vamos al parque.

Demostramos nuestras habilidades
de gimnasia.
Lila hace rollos adelante
y yo practico ruedas.
¡Ya casi me salen bien!

Nuestra vecina, la señora Carol,
nos aclama.
Lleva a Gala, su diminuta perra,
en su bolso.

A Lila y a mí nos encanta Gala.
Mientras hacemos gimnasia,
Gala saca la cabeza y ladra.
Es como si nos dijera "¡Bravo!".

El lunes, Lila lleva a la escuela
un nuevo libro de pegatinas.
Tiene muchas pegatinas de perros.
—¿Adivina qué? —me dice—.
¡Me van a regalar un perro!
—¡Guau! —digo yo.

Encuentro una pegatina que se parece a Gala
y la pongo en mi cuaderno.
¡Tengo muchas ganas de conocer el perro!
¡Puedo mostrarle las ruedas que hago!

Le cuento a todo el edificio
donde vivimos lo del perro de Lila.
¡El señor Ortiz, un vecino de abajo,
me da un juguete para el perro!
Lo llevo al parque el sábado.

—¡Ahí viene Lila! —le digo a mami.

Corro hacia Lila.

Luego, me detengo.

El papá de Lila trae un perro.

Pero no se parece en nada a Gala.

¡Este perro es ENORME!

—¡Te presento a Chico! —dice Lila.

—¿Quieres darle el juguete?

—me pregunta mami.

¡Entonces, Chico ladra!

Veo sus dientes afilados.

Le lanzo el juguete a mami.

—¡Toma! Dáselo tú—le digo—.

Yo me voy a practicar ruedas.

Me alejo a toda prisa de Chico,

el perro más grande del mundo.

Mami me alcanza.

—¿Qué pasa, Reina? ¿Tienes miedo?

—¡Por supuesto que no! —le digo—.
¡Me encantan los perros!

Me concentro en hacer ruedas.

Siempre me voy un poquito de lado.

Trato de enderezarme.

Entonces, lo logro: ¡hago una rueda!

¡Y otra, y otra más!

—¡Mami, mírame!

—¡Eso! —dice mami—. ¡Qué bien!

La señora Carol pasa a toda prisa.

Yo me alisto para hacer una rueda.

—¡Míreme, señora Carol! —la llamo.

—Te miro la próxima vez, Reina.

Ya me tengo que ir —dice ella.

No hay nadie más que pueda mirarme.
Quiero mostrarle a Lila,
pero ella está con Chico.

El lunes, en la escuela,

Lila solo quiere hablar de perros.

—¡Mira mi rueda!

—le digo a la hora del recreo.

—¡Qué bien! —dice Lila—.

¿Adivina qué?

Chico aprendió a darme la pata.

—¿Quieres tratar de hacer una rueda?
Yo te puedo ayudar —le digo.
Lila dice que no con la cabeza.
—Prefiero seguir con los rollos adelante.
¿Sabías que Chico se puede sentar?

Estoy molesta.
Quiero que Lila haga ruedas conmigo.

El papá de Lila llega
a la escuela a recogernos,
¡y viene con Chico!
—Reina, ¡mira! —dice Lila.
Lila me muestra cómo Chico le da
la pata.
Me alejo tanto como puedo.

Lila arruga la nariz.

—¿Qué es lo que te pasa? —me pregunta.

Yo sigo caminando.

Más adelante, una paloma aterriza
en la acera.
Chico la ve.
Tira de su correa para alcanzarla.
¡Ladra tan fuerte que doy un brinco!
Me tapo los ojos y me pongo en cuclillas.

El papá de Lila sujeta la correa de Chico.

Lila se agacha junto a mí.

—¿Estás bien? Te ves asustada.

—No, no estoy asustada —le digo.

Pero no puedo moverme.

—Asustarse no tiene nada de malo
—dice Lila—. No sabía que tenías miedo.
Pensaba que te gustaban los perros.
—Me gustan los perros pequeños, como Gala.
No sabía que Chico era tan grande.
—Debiste habérmelo dicho —dice Lila—.
Pensé que no querías jugar.

Me destapo un ojo.
—Me encanta jugar contigo —le contesto—.
No quería que te burlaras de mí.

—Yo nunca me burlaría de ti —dice Lila—. ¿Sabes qué? Me da miedo hacer la rueda.

—¡Pero si a ti te encanta la gimnasia! —le digo.

—Me gusta cuando estoy cerca del suelo. Me gusta hacer rollos, no ruedas.

—Siento haberte pedido
que hicieras una rueda.
La próxima vez, no te voy a presionar
—le digo a Lila.
—Y tú no tienes que jugar con Chico
—dice Lila.

Cuando regresamos al parque,
Lila juega con Chico mientras yo hago ruedas.
Después, Lila le da la correa de Chico a su papá.

Nos acostamos en el pasto.

Lila está contenta.

—Me gustaría que la señora Carol

estuviera aquí —digo—.

Es divertido cuando nos mira.

¡Es como tener un público de verdad!

—¡Tengo una idea! —dice Lila.

Entonces, trae a su papá y a Chico.

—No te preocupes —me dice Lila—.

¡Chico, siéntate!

Chico se sienta, y no ladra.

Ya no se ve tan grande.

—¡Vamos! —grita Lila.

Lila hace rollos adelante.

Yo hago ruedas.

Chico nos mira.

Y ladra, pero no me da miedo.

Es como si nos dijera "¡Bravo!".